Collection "Patrie"

GEORGES SPITZMULLER

L'attaque du PONT de CHOOZ

20 c.
Le récit complet illustré

L'Attaque
DU PONT DE CHOOZ

I

Près de la Meuse

Ceci se passait le 25 août 1914, trois semaines après la déclaration de guerre.

L'heure de la retraite sonnait... la retraite de Belgique.

C'était une matinée radieuse et chaude. Le soleil montait, derrière les monts du bois de Chooz, au nord de la belle forêt domaniale de Hargnies-Laurier, et commençait à mirer ses rayons dans la boucle de la Meuse, à l'extrémité de cette pointe de Givet qui s'enfonce comme un coin en territoire belge.

La nuit avait été relativement calme. Il semblait que la retraite eût ralenti son mouvement devant la ruée boche hésitante.

Des hommes erraient pourtant sur les chemins,

D'autres stationnaient, attendant des ordres qui ne venaient pas.

Un détachement du génie se tenait en expectative sur la rive gauche de la Meuse, à l'entrée du village de Chooz, tapi au milieu du cirque formé à cet endroit par la vallée où serpente la rivière.

Deux téléphonistes, portant l'uniforme du génie, avaient installé là leur poste en plein vent. L'appareil accroché à un arbre, une baïonnette fichée dans le sol formant le retour à la terre, ils tenaient les écouteurs.

Un adjudant passa.

— Eh bien, les petits, rien de neuf?

— Rien, mon adjudant.

— Avez-vous appelé le poste de Vaucelles?

— Oui. Rien de nouveau là, non plus.

— Est-ce que les Boches n'avanceraient plus? se demanda l'adjudant, — Lavigne (Honoré), quinze ans de services, médaille militaire et ruban du Tonkin.

Puis, continuant sa marche :

— Je vais à Charmois. Si on me demande, je suis là... Tenez-vous bien en liaison, les petits gars; c'est très important.

— Oui, oui, répondirent-ils ensemble... Nous ne lâchons pas les écouteurs.

— Paraît, dit un des téléphonistes, que les Boches se sont arrêtés assez près d'ici.

— Où ça?

— A Doische.

— C'est en Belgique, cela.

— Oui. On y était avant-hier.

— Ah! les cochons! Ils nous en font faire du chemin!

— Patience! On les arrêtera. Joffre l'a dit.

— Eh ben alors, qu'on se dépêche... Ah! on cause...

Tous deux se turent pour écouter.

C'était le poste de Vaucelles.

Il signalait l'approche des avant-gardes allemandes, précédant des troupes très nombreuses et très denses. Elles venaient de dépasser la ligne Niverlée-Gimmée-Doische-Agimont. Nos détachements d'arrière-garde commençaient leur repli; ils franchiraient la Meuse dans la matinée aux ponts de Chooz et de Ham.

— Il faut faire savoir ça à l'adjudant, opina le plus ancien des deux téléphonistes, Crombèque, un Méridional à la moustache de jais... Vas-y, Josserand. Prends la bécane du sergent Lefèvre. Tu arriveras plus vite.

Josserand enfourcha la bicyclette et partit dans la direction du village de Charmois.

Pendant ce temps, Crombèque continuait à écouter.

Il sentait ainsi, en quelque sorte, les pulsations de cette retraite qui, après un temps d'arrêt, allait reprendre, s'enfler, se précipiter jusqu'à la digue de la Marne qui la renverrait sur l'ennemi présomptueux pour le submerger sous un flot vengeur!

Tout à coup, Crombèque tressaillit, dressa l'oreille et dit, visiblement interloqué :

— De quoi? de quoi?...

— Alerte! on plie bagage.

— Hein?

— Oui, et sans relever la ligne encore... Mon vieux, les Boches sont là!

— Où donc?

— En avant de Niverlée. Ils rappliquent par Matagne-la-Grande et par Matignolles. Nos arrière-gardes résistent tant qu'elles peuvent. Le 75 tire dans le tas; mais nous, nous avons reçu l'ordre de passer la rivière. On y va... Préviens ton chef de poste.

— C'est fait... Allo?... allo?... allo?...

Rien ne répondait plus. Communication coupée. Crombèque

éprouva la sensation de quelque chose d'aboli, de définitif... d'un courant qui vous entraîne et qu'on ne peut remonter.

Josserand revenait.

Il avait rattrapé en route l'adjudant Lavigne qui arriva, en effet, peu après le cycliste.

Crombèque le mit au courant.

— On ne part pas, nous? interrogea-t-il.

— Jamais de la vie! Il faut d'abord attendre les ordres. Jusque-là, on ne bouge pas.

Des mouvements de troupes se profilaient sur l'horizon, vers le Nord et vers l'Est.

C'étaient des parcs d'artillerie français, matériel mené par des hommes fatigués montant des chevaux fourbus, — car les étapes avaient été longues et dures.

Ils passèrent la Meuse sur les deux ponts de Chooz et de Ham. En raison de l'encombrement, la moitié alla tourner par Givet.

Le mouvement empiéta sur une partie de l'après-midi, ce qui n'a rien d'étonnant, certains convois ayant six kilomètres de longueur.

Pendant ce temps, nos batteries de campagne, — nous n'en avions guère d'autres à cette époque funeste, — postées sur les hauteurs d'Hierges, de Vireux et de Montigny, contenaient l'ennemi qui commençait, d'ailleurs, à donner des preuves d'essoufflement.

De nombreux corps de cavalerie allemande furent ainsi tenus en respect, et cette protection contribua à l'ordre et à la régularité méthodique de cette merveilleuse retraite, prélude de la contre-offensive qui devait sauver la France moins de quinze jours plus tard!

II

L'art d'écouter

LE lendemain, au matin, Crombèque et Josserand étaient toujours à leur poste, ayant passé la nuit sur le terrain.

Depuis la veille, la situation avait peu changé.

Il s'était produit une sorte de stabilisation dans le mouvement de retraite, sur cette zone du moins.

Une seule modification, toutefois, dans le décor extérieur de ce petit coin de guerre : avertis par quelques projectiles harcelants et instruits par l'expérience, les deux téléphonistes avaient, pendant la nuit, creusé une petite tranchée à leur usage personnel. La terre, rejetée vers l'avant, constituait un épaulement d'une valeur plutôt morale qu'effective. C'était la guerre de tranchées qui commençait.

Assis dans leur trou, Crombèque et Josserand causaient, sans cesser d'écouter toujours.

— Dis donc, Crombèque, crois-tu qu'on va rester longtemps ici?

— Faut demander ça au général en chef.

— Bon... Suppose que tu sois le général en chef... Qué que tu répondrais?

— Que tu me tannes la cerise!...

Un silence.

Soudain, Crombèque devint extrêmement attentif et parut concentrer toutes ses facultés d'audition.

— Eh! eh! murmura-t-il.

— Quoi?

— Ah! ah!...

— Qu'est-ce qu'il y a?

— Oh! oh!... Appelle l'adjudant.

— Il n'est pas là, répondit Josserand après avoir regardé aux alentours.

— Alors, va le chercher, et au trot. Carapatte-toi!

Josserand « se carapatta ».

Deux minutes plus tard, il ramenait Lavigne.

— Mon adjudant, est-ce que vous savez l'allemand? lui demanda Crombèque.

— Pourquoi?

— On entend ici, par conduction, causer des Boches au téléphone...

— Ah!

— Oui, je perçois nettement, mais je ne comprends pas.

— Bigre! c'est intéressant, ça!... Où peut-il être, ce poste téléphonique boche?

— C'est difficile à situer; mais ce doit être sûrement un de leurs postes de première ligne, à cinq ou six kilomètres d'ici, pas davantage...

— Bon Dieu! comment pourrait-on faire?... Est-ce qu'ils parlent toujours?

— Toujours.

L'adjudant se frappa le front, comme un homme qui trouve enfin la solution cherchée.

— Josserand, va me chercher Herckmann.

— L'Alsacien?

— Oui. Il sait l'allemand, lui; il comprendra... Ça va marcher tout seul!

Josserand parti en quête d'Erckmann, Lavigne s'accroupit et prit place à l'appareil.

Aussitôt, il perçut la conversation ennemie que lui avait signalée Crombèque. Des syllabes gutturales résonnaient dans le téléphone avec netteté, quoiqu'elles parvinssent par la voie de terre.

Le sol, suivant sa nature et son degré d'humidité, est parfois un excellent conducteur pour le courant électrique; en téléphonie, il est capable de transmettre les sonorités avec autant de fidélité que le fil même.

C'était précisément le cas qui se produisait.

La terre — la terre française — trahissait les secrets que lui confiaient les violateurs allemands.

Lavigne, ainsi, put reconnaître au passage, certains mots usuels qui lui étaient restés dans la mémoire depuis son passage au collège :

— *Hast du verstanden, Otto?* (As-tu compris, Otto?)

— *Ja, Wilfrid...* (Oui, Wilfrid...)

— *Ich bin nicht fertig.* (Je n'ai pas fini.)

— *Gut!* (Bien!)

— *Gut! gut!* grommelait l'adjudant à part lui. Attendez un peu : on va vous en flanquer, de la *goutte*!... Mais qu'est-ce que peut donc bien faire cet animal d'Erckmann? Il arrivera quand ce sera fini!

Non... Erckmann venait au pas de gymnastique, avec Josserand.

Lavigne courut à sa rencontre et le mit rapidement au courant de la situation.

A son tour, l'Alsacien descendit dans la tranchée-abri et prit les deux écouteurs.

Tout en prêtant l'oreille, il souriait largement, heureux du bon tour qu'on jouait aux Boches.

— Ils causent toujours ? souffla, très bas, Lavigne.

Clignement d'yeux affirmatif.

— Plus un mot! murmura l'adjudant.

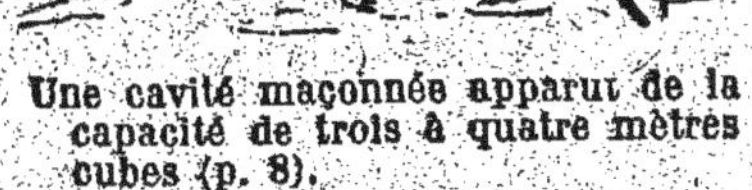

Une cavité maçonnée apparut de la capacité de trois à quatre mètres cubes (p. 8).

Et le brave Erckmann s'immobilisa, un pli au front, absorbé par la captation de cette conversation lointaine.

Au bout de cinq à six minutes, il lâcha les écouteurs

— C'est fini, dit-il.

— Eh bien?

— Très intéressant... Voici :

« C'est demain la relève de l'autre côté. Otto et Wilfrid partent en arrière; ils se sont donné rendez-vous à la gare de Villers-le-Gambon. Les troupes allemandes de poursuite jouent en ce moment à saute-mouton; les unes dépassent les autres qui se replient, et ainsi de suite. Voilà comment les Hessois Otto et Wilfrid seront relevés demain par des kamarades wurtembergeois.

— Des fantassins?

— Oui... La relève doit se faire au petit jour. Elle a pour but l'attaque du pont de Chooz.

— Voilà de l'ouvrage pour nos chasseurs, qui tiennent ce pont depuis hier soir... C'est tout?

— Oui, mon adjudant.

— Ça suffit. Je vous remercie, Erckmann... Ah! c'est utile de savoir le boche... A présent, il faut prévenir le chef de bataillon.

— Justement, il est à la mairie de Chooz.

— J'y vais.

Il y a un vieux proverbe militaire qui dit : « Rendre compte... et s'en f... »

L'adjudant Lavigne rendait compte, mais ne s'en... fichait pas.

III

Préludes...

LA première chose à faire était de couvrir solidement le pont de Chooz, dont le forcement pouvait permettre à l'envahisseur de tourner Givet et de maîtriser la route nationale n° 49, de Valenciennes à Luxembourg.

Pour cela, le chef de bataillon Franchomme, du ...ᵉ génie, estima que la défensive serait insuffisante aux abords immédiats du pont.

Il fallait effectuer une opération offensive en avant de l'ouvrage.

Tel était l'avis de cet officier. Du reste, ayant le commandement de cette fraction d'arrière-garde, il pouvait ne prendre conseil que de lui-même, en s'inspirant des circonstances et en mettant en œuvre cette initiative, toujours préconisée, par quoi se reconnaissent les vrais chefs.

Sans perdre une minute, il élabore son plan et en organise la réalisation.

Il mande son adjoint, le capitaine Lepallier.

— Voilà, lui dit-il après l'avoir mis au courant des projets de l'ennemi. Il s'agit de défendre le pont de Chooz pour protéger la marche de la division qui nous précède. Mon intention est de faire un bond en avant pour élargir le terrain... De combien d'hommes disposons-nous au bataillon?

— Sept cent cinquante, mon commandant. Le reste ne peut être distrait.

— Les chasseurs nous en donneront bien autant.

— Au moins.

— Quinze cents : ça suffira.

— Avec l'appui de l'artillerie...

— Bien entendu... Je vais en conférer avec le chef d'escadron qui commande le groupe de 75 cantonné à Landrichamps... Alors, Lepallier, voici le schéma de l'opération; il est simple : pousser une reconnaissance offensive avec mission de s'accrocher à un point donné, en avant du pont.

— Le pont de Chooz est-il miné? s'enquit le capitaine Lepallier.

— Il doit l'être, comme tous les ouvrages de cette catégorie-là. Il faudrait vous en assurer.

— C'est ce que je vais faire.

— Moi, je vais voir l'artilleur en chef... Rendez-vous ici dans une heure.

**

Il y avait du calme dans l'air.

Fatigués, épuisés par les rudes efforts des journées antérieures, les adversaires éprouvaient l'impérieux besoin de se reprendre.

La force des choses dominait leur volonté...

Et puis, il montait de cette forêt, de ces coteaux, tant de fraîcheur insinuante !...

Haletant dans sa poursuite forcenée, le Boche voulait en aspirer un peu.

Ses canons ne tonnaient plus. Les nôtres aussi gardaient le silence.

La pointe de Givet semblait hors de la guerre, tant on y avait l'illusion de la sérénité, de la paix.

Illusion de quelques heures à peine car bientôt, dans la matinée, la voix du canon s'éleva du côté de Valenciennes.

La Meuse semblait frémir sous des coups de fouet intérieurs.

D'épaisses fumées noirâtres salissaient le ciel de Belgique.

Puis, de proche en proche, la fusillade crépita, gagna du Nord au Sud, de l'Est à l'Ouest.

La trêve de lassitude avait été courte. La guerre renaissait de son propre sommeil.

De nouveaux détachements passèrent; des isolés aussi, misérables traîne-la-patte qui disparaissaient dans l'épaisseur des bois de la Houssière.

On n'apercevait, là-bas, aucun Allemand.

Et peu à peu, cependant, leur fusillade se rapprochait, obsédante, encerclante.

Et avec la chaleur qui montait — la lourde chaleur d'août — elle devenait pareille aux mouches qui vous harcèlent et vous piquent sous l'influence de l'orage.

Ce fut bientôt un roulement ininterrompu.

Crombèque laissa tomber l'écouteur du téléphone.

— La communication est coupée !

Il s'empressa aussitôt de rechercher la coupure.

Était-elle près? Était-elle loin? Cela, on ne le sait jamais. Il faut chercher...

Alors, à plat ventre, rampant dans l'herbe et suivant son fil de campagne, il alla de l'avant.

C'est qu'il était urgent que la communication fût rétablie avec le poste de guet d'où pouvait venir, à toute minute, une nouvelle importante.

Heureusement, la recherche ne fut pas longue. Le fil avait été cassé à quelque cent mètres de là. Cassé — et non coupé — par le pied d'un fantassin trop prompt à se dépêtrer du lacet qu'il formait sans doute.

Crombèque était bien content! Il raccommoda son câble. Il appela. On répondit. Ça gazait.

IV

La route qui passe sur la rivière

LE pont de Chooz était un ouvrage ordinaire dont la principale caractéristique consistait en ceci : Il servait de débouché à la grande artère droite connue sous le nom de route de Philippeville et qui s'allonge, pareille à un ruban tendu, entre la gare de Villers-le-Gambon et le château des Canards, construit sur la frontière franco-belge, presque en face de la Maison-Blanche et de la chapelle de Valcourt.

A ce point de vue, le pont de Chooz avait une certaine importance stratégique, et l'on conçoit que les Boches eussent eu l'intention de s'en assurer à bref délai.

A part cela, construction d'une simplicité antique, mais solide, massive, — splendide entablement pour la route qui passe sur la rivière.

Dans la culée qui s'appuyait sur la rive gauche de la Meuse, soutenant les fortes arches de pierre et de brique, quelques marches latérales conduisaient à une porte de fer, assez étroite que, dans le pays, nul n'avait jamais vue ouverte.

C'était la porte de la chambre à poudre, dont le capitaine Lepallier parlait tout à l'heure au commandant Franchomme.

Accompagné d'un maréchal des logis d'artillerie, l'officier du génie venait se rendre compte de l'état de cette chambre à poudre. Elle avait été aménagée trente ou quarante ans auparavant, on ne savait au juste. Il convenait de voir si elle était en état de rendre les services attendus au bout d'un aussi long laps de temps.

Lepallier, qui tenait une clef à la main, ouvrit la porte de fer; elle tourna en grinçant sur ses gonds rouillés.

Une cavité maçonnée apparut, de la capacité de trois à quatre mètres cubes.

La cavité était vide... mais non inhabitée, car plusieurs rats en sortirent précipitamment et sautèrent à l'eau.

— Des locataires qu'on dérange! murmura le maréchal des logis.

Déjà le capitaine pénétrait dans le local et l'examinait minutieusement.

— En bon état, continua-t-il; où sont les poudres?

— Dans un petit dépôt maçonné derrière la mairie du village.

— Commandez une corvée pour les amener.

Pendant que le sous-officier exécutait l'ordre, le capitaine Lepallier faisait un signe à deux sapeurs du génie qui l'avaient suivi à distance.

Ils apportaient du fil couvert : deux rouleaux de cinq cents mètres chacun, sur bobines déroulantes.

— Vérifiez-moi ce fil, ordonna l'officier.

— On l'a vérifié tout à l'heure, mon capitaine, répondit un des sapeurs, qui portait sur les manches le galon de premier soldat.

— Le fil est en bon état?

— Très bon.

— Alors, tout va bien... La batterie de piles est prête?

— Oui, mon capitaine. Nous l'avons vérifiée également.

— A merveille!

— Nous l'avons placée, comme vous nous l'avez dit, dans le petit ravin près du signal de Chooz. Au pied d'un arbre qui abrite un gourbi.

— C'est cela... Eh bien, vous allez vous relier à cette batterie.

Le premier sapeur laissa là son compagnon et partit en déroulant le câble derrière lui, sur les deux bobines.

Lepallier le rappela.

— Vous avez votre montre?

— Oui, mon capitaine.

— Quelle heure marque-t-elle?

— Neuf heures cinquante-cinq.

— Exactement comme la mienne... Bon. Vous serez là-bas dans dix minutes, un quart d'heure au plus.... A dix heures quinze, mettez la batterie en action. J'attendrai l'étincelle... Dix heures quinze!

— Entendu, mon capitaine.

— Après, vous reviendrez ici.

Lepallier roula une cigarette, offrit son tabac au sapeur qui en roula une aussi et donna du feu avec son briquet.

Ensuite, ils en allumèrent une seconde. En chronométrie de fumeurs, deux « sèches » = un quart d'heure. Lepallier consulta sa montre elle marquait dix heures treize.

Il s'approcha des deux bouts de fil et les mit à distance convenable l'un de l'autre.

Et il attendit tranquillement, les yeux fixés sur le cadran de sa montre.

A dix heures quinze, l'étincelle se produisit au contact, avec de légers crépitements.

— Tout va bien! murmura le capitaine Lepallier, satisfait.

Quelques obus sifflèrent, pas loin. Un fusant éclata, dont les balles firent voler des mottes de la terre écorchée.

Lentement, sans se presser, l'officier alla se mettre à l'abri sous la première arche du pont. Il y emmena le soldat du génie demeuré là, en lui disant :

— Ce serait en vérité stupide de se faire amocher inutilement... pour le roi de Prusse.

Et bien leur en prit, car deux minutes ne s'étaient pas écoulées qu'un percutant de 77 explosait à la place qu'ils venaient de quitter.

— Ça a très bien marché, dit Lepallier au soldat qui revenait... A présent, mon ami, je vais vous donner une mission de confiance. A tous les deux. Vous allez rester ici et faire constamment la navette entre le pont et la batterie électrique. Cette promenade hygiénique a un but : veiller sur les fils comme vous veilleriez sur votre mère... ou sur votre femme, si vous en avez une... Ne le laissez toucher par personne!... Ces fils auront bientôt un grand rôle à jouer ils sont de première importance... Puis-je compter sur vous?

— Comme sur vous-même, mon capitaine! répondirent-ils simultanément.

— Bon. Je vous laisse de garde. N'acceptez aucun ordre pouvant vous éloigner d'ici. Vous avez une consigne.

Le capitaine braqua sa jumelle sur l'horizon, au Nord et au Nord-Est. Longuement il scruta, observa.

La fusillade claquait toujours; mais la canonnade s'espaçait un peu. Il n'arrivait plus de projectiles de ce côté. Par contre, on voyait de nombreuses arrivées dans la direction de Vaucelles.

Lepallier fit quelques pas pour partir, et se retournant vers les deux sapeurs :

— Je vais au chef de bataillon, dit-il... Si on me demande, vous n'aurez qu'à envoyer à la mairie. En tous cas, faites attendre ici la corvée des poudres, quand elle arrivera.

<h2 style="text-align:center">V</h2>

<h3 style="text-align:center">En reconnaissance</h3>

L'ENNEMI, qui paraisssait s'être endormi pendant quelques heures, se réveillait.

En réalité, il avait traversé, comme nous-mêmes, une phase de terrible lassitude.

Exténués par une lutte incessante, les uns et les autres avaient ce besoin de repos auquel on ne résiste pas plus qu'on ne résiste au fameux supplice de la privation de sommeil, imaginé par les Chinois.

Et puis, de part et d'autre, on manquait de munitions.

Les heures de répit que, forcément, on s'accordait, étaient donc employées à se refaire, d'une manière incomplète et provisoire, et à battre le rappel de tout ce qui pouvait être tiré.

Les ravitailleurs des parcs et sections travaillaient pendant que les autres dormaient, et inversement.

Durant la nuit précédente, les Boches devaient avoir récupéré un assez grand nombre de projectiles d'artillerie et de cartouches, car leur feu devenait agressif et nourri.

Un observateur les aurait vus s'égailler le long du remblai de la voie
ferrée, la franchir par petits paquets... (page 14).

Chez nous, bien qu'on eût gratté tous les fonds de coffres, la
récolte était maigre.

C'est ce que constatait, à la mairie de Chooz, le commandant Fran-
chemme conférant avec le capitaine Lepallier.

— Le groupe de 75 a pour une heure de feu.

— Ce n'est guère!

— Cela peut suffire, à condition d'être employé au bon moment.

— Comment pourrons-nous en être juges? demanda Lepallier;
et en vertu de quoi passerez-vous des ordres au chef de groupe de
l'artillerie?

— En vertu des ordres que j'ai reçus moi-même. Ma mission est
simple et formelle : arrêter l'ennemi au pont de Chooz, ou au moins
retarder sa marche.

— Au fait, mon commandant, vous avez vu le chef d'escadron d'artillerie?

— Nous sommes tout à fait d'accord. Il déclenchera son tir de barrage au moment opportun, c'est-à-dire quand les quinze cents fusils dont je dispose ne seront plus en force pour tenir contre la ruée que je prévois.

— Mais... si nous faisions sauter le pont?

— Lorsque tout notre monde aura passé sur l'autre rive de la Meuse, sourit le commandant.

— Evidemment! dit Lepallier en riant à son tour.

— Il est miné, ce pont?

— Oui. Il n'y a plus qu'à charger la chambre à poudre.

— Et cette poudre?

— Elle doit être présentement à pied d'œuvre.

Le commandant Franchomme réfléchissait...

« Faire sauter le pont... Immédiatement... Cela simplifierait tout. »

Mais aussi, l'officier supérieur avait échafaudé un autre plan, dont la réalisation offrait un saisissant intérêt.

La destruction du pont était bien dans le programme, mais à un instant choisi — à ce que, tout à l'heure, il avait appelé « le bon moment ».

— Oui, Lepallier, reprit-il; nous ferons sauter le pont de Chooz, c'est entendu.

— Alors, je vais...

— Pas si vite! Tenez seulement tout prêt pour cette opération. Que je n'aie qu'un mot à dire, un signe à faire... Et je vous promets un spectacle pas banal!

— Mon commandant, tout sera paré, comme disent les marins. Vous pouvez y compter.

Un capitaine et un lieutenant de chasseurs à pied entrèrent, sur ces mots, dans la salle de la mairie où se tenait cette conférence.

Ils se présentèrent.

— Capitaine de Bouffignereux.

— Lieutenant Ventelay.

— Mon commandant, dit le capitaine à Franchomme, nous venons nous mettre à votre disposition, suivant vos ordres, avec notre troupe.

— Bien, messieurs. Combien de compagnies?

— Trois... La quatrième a fondu au cours des deux dernières journées de combat.

— Qui commande ces trois compagnies?

— Moi, mon commandant...

— Et... le chef de bataillon de Charmeilles?

— Tué hier soir, d'un éclat d'obus, au carrefour du moulin de Merlemont.

— Ah! murmura Franchomme, soudain grave.

— J'ai pris le commandement du bataillon comme étant le plus ancien.

Bouffignereux n'avait certainement pas trente ans. Ces mots de « plus ancien » sonnaient presque ironiquement dans sa bouche.

— Combien en a-t-on vu, depuis — et surtout parmi les vitriers, parmi les diables bleus — de ces jeunes capitaines éclos, comme des fleurs précoces, sous l'haleine embrasée de la guerre!

Bouffignereux reprit :

— Alors, mon commandant, que faisons-nous?

— Voici...

Franchomme déploya sa carte d'état-major au quatre-vingt millième et indiqua du doigt, au jeune capitaine, la ligne extrême de la reconnaissance offensive qu'il fallait exécuter sur l'heure à l'ouest de la grande route d'Orléans à Givet.

— Vous, dit-il, à la cense de la Haye, un peu en arrière de la cote 231. Le génie, mes hommes et moi, plus au Nord, dans le bois Le Duc, près de la cote 250... Nous allons effectuer un simulacre d'attaque pour faire sortir les Boches des abris qu'ils ont dû creuser cette nuit, car à peine arrivés quelque part, ces gens-là remuent la terre; ils se battent autant avec la pelle et la pioche qu'avec le fusil...

— Ont-ils tort? murmura Lepallier.

— Ça, mon cher, c'est une autre question que nous n'avons pas le temps de résoudre aujourd'hui... Pour le moment, voici ce que nous allons faire... essayer de faire plutôt.

— Nous réussirons! affirma Bouffignereux, une flamme de juvénile enthousiasme dans le regard.

— Oui, il faut réussir... Donc, vous à droite, nous à gauche de l'orifice de la boucle de la Meuse, et il s'agit d'attirer l'adversaire dans cette boucle, comme dans une souricière. Un repli sans hâte l'y amènera. Nous gagnons le pont. Nous contenons l'avance de l'ennemi par des tirs de barrage, le temps d'organiser la défense passagère de la tête de pont sur la rive gauche... Le barbelé est prêt, Lepallier?

— Parfaitement, mon commandant.

— Les piquets?

— Tout. Et l'équipe est commandée.

— Va bien... Alors, messieurs, nous sommes maîtres de la minute où nous voudrons laisser les Boches pénétrer sur le pont. C'est là que je les attends!

Franchomme et Lepallier sourirent d'un air d'intelligence.

Bouffignereux sourit à son tour, dans sa fine moustache, sans en demander davantage.

Certaines questions ne se posent pas.

Il avait compris...

VI

Le contact

En avant... marche! commanda l'adjudant Lavigne.

Les sapeurs s'ébranlèrent d'un pas méthodique et rythmé, comme à la parade de la garde.

Déjà les diables bleus étaient partis.

Un observateur qui se fût trouvé sur la terrasse du château de Rancennes, non loin de la rivière, les aurait vus prendre respectivement les deux branches du chemin en fourche qui va de Chooz à Foische, puis s'égailler le long du remblai de la voie ferrée, la franchir par petits paquets, se regrouper en détachements à l'autre versant et gagner les points assignés à la reconnaissance offensive.

Il aurait vu aussi, cet observateur, de nombreux coups fusants exploser au-dessus des sapeurs et des vitriers, qui n'en continuaient pas moins à avancer.

Le terrain, d'ailleurs, était propice à une marche défilée.

Des bouquets de bois, des vallonnements légers offraient à nos soldats à la fois rideaux et refuges.

Par ci de-là, on tuait des Boches. On en captura aussi quelques-uns postés en vedette à cause de la relève.

Quand ils faisaient mine de résister, Rosalie entrait en danse avec succès; mais la plupart du temps, ils détalaient assez tôt pour pouvoir rejoindre leurs abris de mitrailleuses, d'où partait un feu continu et malheureusement, très meurtrier.

L'adjudant Lavigne marchait en pointe, à la tête d'un groupe de jeunes sapeurs intrépides. Ils étaient dix.

Soudain, d'un nid de broussaille émergent des casques à pointe. Une vingtaine d'Allemands surgissent en hurlant. Des coups de feu sont échangés. De part et d'autre, des hommes tombent...

Deux fois plus nombreux, les Boches engagent le corps à corps. Lavigne est entouré; il se défend comme un beau diable, abat un de ses assaillants; mais en voici d'autres... et notre petit groupe — ce qu'il en reste, du moins, d'hommes valides — est fait prisonnier.

— A nous, les gars! crie l'adjudant d'une voix qui domine le fracas ambiant.

A cet appel, dix, quinze sapeurs apparaissent. Une nouvelle lutte s'engage. Nos prisonniers sont dégagés, et Lavigne appréhende de sa main l'*unteroffizier* commandant le parti adverse. Tout ce monde est tué ou pris.

Cependant, le 75 ne reste pas inactif.

Il commence à battre, en tir de zone, le terrain d'où partent les fantassins allemands.

Ceux-ci avancent quand même en poussant des cris et en chantant une sorte de mélopée infernale.

Le capitaine Bouffignereux jette un rapide coup d'œil à droite et à gauche.

— Nous avons atteint la limite de notre objectif, dit-il. Stop!

Tout le monde se couche, les fusils braqués sur l'avant, le doigt sur la détente.

— Il s'agit de tenir ici, dit le capitaine de chasseurs.

— On tiendra! répond l'adjudant du génie.

— Vous savez ce que vous avez à faire? C'est simple. S'accrocher ici pendant deux ou trois heures, le temps d'organiser la défense de la tête de pont de Chooz, vers laquelle il s'agit de canaliser l'ennemi.

— Bien.

— Je serai prévenu quand nous pourrons commencer à céder du terrain. A chaque coup de sifflet de moi, bond en arrière de cent mètres, en serrant en profondeur vers le pont.

— Entendu, mon capitaine.

Combien émouvant, ce dialogue de service entre soldats, au milieu du tonnerre des obus et du sifflement des balles!

Tout en parlant, l'officier et l'adjudant faisaient le coup de feu; et les balles qu'ils envoyaient n'étaient sans doute pas les moins bien placées.

❖

A leur téléphone, Crombèque et Josserand continuaient à assurer leur service.

Un planton des chasseurs attendait près d'eux, en fumant sa pipe.

— Encore rien pour moi? demanda ce planton.

— Rien encore, mon vieux. Mais ne t'en fais pas : on sait bien que tu es ici.

— C'est que, pendant ce temps-là, mon pétoir ne fiche rien, et les camarades tirent.

— Qui c'est qui doit te téléphoner?

— Le commandant du génie. C'est notre capiston qui m'a mis ici pour lui.

— Patience! Le commandant t'appellera quand il faudra.

Justement, la petite corne de campagne retentit.

— V'là du nouveau! fit Crombèque... Je parie que c'est pour toi, le vitrier... Allo!

Il écouta et cligna de l'œil.

— Allo!... Oui, c'est moi, mon commandant; c'est moi, Crombèque.

— Il y a près de toi un planton des chasseurs?

— Il est là.

— Appelle-le à l'appareil.

— Allo! dit à son tour le vitrier en prenant l'écouteur.

— Ah! c'est vous, mon garçon... Chantrier, n'est-ce pas?

— Chantrier, oui, mon commandant.

— Vous allez courir à votre capitaine, le capitaine de Bouffigne-reux, qui vous attend, et vous lui direz : « Ordre du commandant Franchomme, exécution. »

— Bien, mon commandant.

— Répétez.

— Ordre du commandant Franchomme, exécution.

— C'est ça... Vous trouverez le capitaine du côté du bois Le Duc. Ses hommes vous l'indiqueront... Vous avez votre bicyclette?

— Oui, mon commandant.

— Eh bien, en route!

— Je pars.

Le vitrier rendit l'écouteur à Crombèque.

Deux secondes après il pédalait à toute vitesse vers le bois Le Duc.

VII

Intermède

Juché dans les branches de ce qu'en topographie on appelle communément un « arbre en boule », le chef de bataillon Franchomme avait suivi les phases du combat.

Planté sur un point élevé, cet observatoire permettait de bien voir sans être vu.

L'œil à la jumelle, le commandant ne perdait pas un détail du terrain ni des mouvements qui s'y dessinaient en avant de la ligne du chemin de fer.

Il avait vu les sapeurs et les chasseurs opérer leur reconnaissance offensive et occuper la ligne d'accrochage.

Maintenant, il les voyait tenir énergiquement la position, malgré les obus, malgré les balles.

Quelques-uns des nôtres tombaient pour ne plus se relever; mais les Boches perdaient plus de monde sous les rafales du 75 entré en action.

Seulement, ils étaient beaucoup plus nombreux. Ils avançaient comme une marée lente, comme une vague à la poussée irrésistible.

Ce fut alors que le commandant envoya son ordre au capitaine de Bouffignereux.

Il ne tarda pas à voir passer le planton cycliste qui filait à toutes pédales sur le joli chemin en palier longeant la rive gauche de la Meuse.

A une courbe, il le perdit, puis le vit reparaître, allant toujours à grande allure vers le but de sa mission.

— A ce train-là, pensa l'officier, il en a pour un quart d'heure tout au plus. Mon temps a été bien calculé, car l'attaque ennemie n'est pas encore dans son plein.

Laissant alors l'estafette qui venait de disparaître à nouveau après

le passage à niveau de Foische, Franchomme descendit de son observatoire et téléphona d'un appareil fixé à l'arbre même :

— Allo! Crombèque!

— Mon commandant?

— Votre rôle est terminé. Démontez votre appareil et repliez le
fil. Ralliement à la mairie de Chooz, Josserand et vous.

— Bien.

Franchomme s'était arrêté une minute, heureux du spectacle
de ce bonheur (page 18).

— Ne perdez pas de temps et prévenez vos camarades du petit
poste de guet.

— Compris, mon commandant.

Sur ce, le chef de bataillon démonta lui-même son téléphone de
campagne et se dirigea vers le pont de Chooz.

Le village était désert. Les habitants avaient pris la fuite...

Beaucoup, effrayés par l'approche soudaine de l'invasion, étaient
partis dans l'affolement sans rien emporter. D'autres, moins frappés
et pensant au lendemain, chargeaient encore sur des voitures quelques meubles indispensables, du linge, des vivres...

Franchomme jeta un regard de tristesse à ces pauvres gens, qui lui faisaient pitié.

Une femme jeune, jolie, lui dit au passage :

— Monsieur l'officier, croyez-vous qu'ils entreront ici?

— Peut-être... qui sait?

— Mais quand?

— Oh! pas tout de suite. Cela, je vous le promets... Mais il ne faut pas rester ici.

Déjà Franchomme pressait le pas pour rattraper un peu du temps perdu.

La femme le rappela :

— Monsieur l'officier?...

Sa voix était tellement suppliante qu'il obtempéra à cette prière et revint sur ses pas.

— Que désirez-vous, madame? Avez-vous besoin d'aide, de secours?...

— Non... Mais vous portez à votre képi le numéro du régiment où sert mon mari... Il se pourrait qu'il soit par ici... Le hasard est grand... Il est parti depuis le 2 août... et je n'ai jamais reçu de nouvelles...

— Son nom?

— Josserand.

Ah! par ma foi, vous aviez bien raison, madame : le hasard est grand!

Les yeux agrandis par la surprise, les paupières papillottant d'émotion, la jeune femme allait balbutier une question nouvelle, interroger cet officier à quatre galons qui l'intimidait un peu et dont les dernières paroles faisaient naître en elle-même une espérance insensée!... Elle n'en eut pas le temps.

Du coin de la ruelle voisine, deux soldats, deux sapeurs, débouchaient d'un pas rapide.

L'un portait un téléphone; l'autre, comme dans la chanson de Malborough, ne portait rien.

Au-devant de celui-ci, la jeune femme bondit en poussant un cri de joie folle.

— Mon mari! mon petit mari!

— Ma petite femme!

Et Josserand et elle s'étreignaient, pleurant et riant à la fois.

De stupeur, Crombèque en avait laissé choir son téléphone. Heureusement, le matériel est solide et il ne casse pas pour si peu.

Franchomme s'était arrêté une minute, heureux du spectacle de ce bonheur.

Il posa quelques questions et apprit ainsi l'histoire de ce jeune ménage séparé par la guerre après un mois de mariage : lui, parti le premier jour, tandis qu'elle demeurait à Ham-sur-Meuse avec sa vieille mère; les Allemands approchant, l'ordre d'évacuation donné, la vieille maman mourant de saisissement à cette nouvelle... et elle, la jeune femme, partant à son tour, avec tous les gens de son village, mais s'attardant un peu dans l'attente d'un contre-ordre, dans l'espérance vague de je ne sais quoi...

— J'avais rencontré tous ces jours des gars de ton régiment, dit-elle à son mari.

— Et tu n'as pas demandé après moi?...

— Tu penses bien que si... Plusieurs m'ont répondu : « Josserand? connais pas... » Alors, je n'ai plus osé les arrêter au passage.

— Le régiment compte plus de quinze mille hommes; il n'est pas étonnant que tout le monde n'y connaisse pas votre mari, dit en riant le chef de bataillon... Mais vous qui étiez dans votre pays, Josserand, comment se fait-il que vous ne m'ayez parlé de rien?...

— J'aurais eu l'air de demander une permission... et ce n'était pas le moment.

— Je vous donne une heure de liberté, Josserand. Mettez votre femme sur la bonne route, faites-la manger, rassurez-la... Et surtout, ne repassez pas la Meuse, car vous seriez pris au trébuchet... Allons. au revoir!

Et Franchomme reprit sa marche, d'un pas pressé, tandis que le sapeur et sa femme s'en allaient avec Crombèque qui pensait, à part lui :

— Il en a de la veine, ce bougre-là!... Ce n'est pas étonnant. Je lui ai flanqué hier soir une râclée au rams et raboté seize sous. Malechance au jeu, chance en amour!

Et, philosophiquement, Crombèque ralluma sa cigarette qui s'était éteinte.

VIII

Avant...

PENDANT ce temps, le capitaine Lepallier n'était pas demeuré oisif.

Car la retraite — délibérément voulue ici — se déroulait avec rapidité.

L'ordre de repli était bien parvenu au capitaine de Bouffignereux, et lui, d'un coup de sifflet, signal convenu, ralliait successivement, par bonds de cent mètres vers l'arrière, ses chasseurs à pied et les sapeurs engagés avec eux dans l'affaire.

A ce strident appel, nos tirailleurs, à genoux ou couchés dans la position de feu, se relevaient d'un saut, lâchaient un coup sur les Wurtembergeois maintenus à distance prudente, puis faisaient demi-tour et, à grandes enjambées, allaient porter plus loin leur ligne de résistance... presque aussitôt déplacée encore.

Dix fois, vingt fois, ce mouvement se répéta avec le même succès.

Quelques hommes tombaient en route...

Mais les pertes allemandes atteignaient au moins le double des nôtres, car une de nos mitrailleuses, embusquée à l'usine d'Aubrives, en retrait de la cote 118, fauchait littéralement les Boches au passage.

Leurs rangs s'éclaircissaient; mais, malgré les vides, ils continuaient d'avancer.

L'artillerie se taisait de part et d'autre, par crainte de nuire aux troupes amies. C'est qu'à certains moments, quand stridait le coup de sifflet de Bouffignereux, Allemands et Français étaient bien près les uns des autres.

La parole était au fusil, seul...

Et aussi à la mitrailleuse de la cote 118, qui poursuivait toujours sa décisive besogne.

Le commandant Franchomme arriva en vue du pont de Chooz, où commençaient à passer quelques chasseurs à pied du capitaine de Bouffignereux.

Ils passaient assez lentement, d'ailleurs, car un réseau de fils de fer barbelés et de chevaux de frise fermait presque complètement l'orifice du pont. On n'avait laissé qu'un étroit intervalle pour nos vitriers et pour les sapeurs de l'adjudant Lavigne. Intervalle qui serait vite bouché sur les talons de notre dernier soldat.

En voyant arriver son supérieur, le capitaine Lepallier se porta à sa rencontre.

— Eh bien, Lepallier?

— Tout est prêt, mon commandant.

— Les poudres?

— Dans la chambre à poudre du pont.

— Combien y en a-t-il?

— Onze caisses de cent kilos.

— En bon état?

— Très bon : bien tassées et bien sèches.

— Voyons cela.

Ils y allèrent.

La porte de fer était refermée sur la cavité de la culée. Lepallier l'ouvrit pour montrer à Franchomme ce qu'il désirait voir : ces onze caisses pleines de poudre noire, rangées les unes au-dessus des autres et garnissant presque entièrement la caverne maçonnée.

Dans l'une d'elles aboutissaient les fils de la batterie électrique passant par une gorge pratiquée dans la porte, immédiatement sous la serrure.

Et le commandant Franchomme ne put s'empêcher de frémir à fleur de peau en pensant que si, par accident, les piles étaient mises en action...

Mais déjà le capitaine Lepallier refermait la porte métallique.

La fusillade se rapprochait.

A présent, les chasseurs à pied, mêlés aux sapeurs du génie, arrivaient plus nombreux aux lisières du village.

Ils reculaient en tirant, face à l'ennemi.

Successivement, le commandant Franchomme voit passer Bouffl-gnereux, le dernier de sa troupe, le bras en écharpe; son sous-lieu-tenant qui n'a rien écopé; une dizaine de blessés légers.

Les derniers sapeurs arrivent aussi.

Les derniers sapeurs arrivent aussi. Chez eux, il y a plus d'atteints.

Cela tient à la disposition du terrain qu'ils occupaient, moins favo-rable à la défense parce qu'un peu moins défilé que celui des chas-seurs à pied.

Le détachement a laissé une vingtaine de tués, dont la plupart sont ramenés sur des civières, car les brancardiers étaient là, au bon endroit, comme toujours.

Les blessés, il y en a bien quarante, peu gravement touchés, heu-reusement.

Parmi eux, l'adjudant Honoré Lavigne, qui marche le front bandé.

— Qu'est-ce que c'est? s'enquiert Franchomme.

— Un éclat d'obus... Le voilà! ajoute le brave sous-officier en sortant de sa poche un petit morceau de métal brillant.

— Ce sera un souvenir.

— En effet, mon commandant. Je compte le faire monter en broche à l'intention de ma belle-mère!

IX

L'attaque du pont

Vous êtes prêt, Lepallier?
— Oui, mon commandant.
— Eh bien, attendez l'ordre.
— J'attends... D'où me parlez-vous?
— Du P. C. du chef du groupe de 75... Tout en causant au télé-phone, je vous vois très bien à la jumelle... Et je vois tout parfai-tement. Restez en liaison étroite avec moi.

— Mon téléphoniste ne quitte pas.

Cette conversation s'était déroulée au milieu du fracas expirant de la bataille : expirant, car maintenant la poudre ne parlait plus guère. Les derniers sapeurs et chasseurs français venaient de passer derrière le rideau barbelé. A deux cents mètres, les Boches tâtaient le terrain, envoyant des isolés qui essuyaient quelques décharges et s'en retour-naient, peu enclins à continuer. Notre mitrailleuse de la cote 118 se taisait, faute de bandes; et, du reste, le mitrailleur avait dû, lui aussi, se replier.

Pendant ce temps, la division poursuivait méthodiquement sa re-traite, protégée et assurée par l'arrière-garde héroïque qui déployait des prodiges de bravoure et d'ingéniosité sous la direction du com-mandant Franchomme.

Le village était évacué complètement.

Il n'y restait plus un chat; la gent féline et canine avait été emmenée par les habitants.

A présent, les Boches semblaient hésiter... Ou, du moins, ils se concertaient.

La situation était à la fois pittoresque et tragique.

Ici, le pont vide derrière le village désert, car les Boches venaient de se regrouper à l'entrée ouest de Chooz. Il fallait traverser le village pour atteindre le pont.

En arrière de ce pont, personne... pas un défenseur.

Si les Allemands avaient pu plonger leurs regards de l'autre côté du val de la Meuse, ils auraient vu nos troupes se dirigeant en bon ordre sur Felenne, au sud-est.

— J'ai la main sur le commutateur (page 24).

Mais ils auraient vu aussi les trois batteries de 75 en position sous les pommiers d'un verger de Landrichamps.

C'est de là qu'observait le commandant Franchomme.

Il voyait toujours, nettement, le capitaine Lepallier immobile à l'abri d'un petit repli de terrain, à côté de ses téléphonistes, et causant avec deux sapeurs assis près d'une caisse d'apparence inoffensive... qui renfermait la batterie électrique reliée à la chambre à poudre du pont miné.

En avant du pont, de l'autre côté du village, grand rassemblement de Boches.

Ça grouillait comme dans une fourmilière.

Un peu séparé de la grosse tache noire, un petit groupe circulaire, avec un homme au milieu, qui se démenait en faisant de grands gestes désordonnés.

Ce devaient être les officiers, auxquels un grand chef versait la bonne parole.

Tout à coup, le cercle se rompit; le gros rassemblement se disloqua pour se reformer d'une façon régulière et en ordre de marche.

Une première fraction — un bataillon approximativement — se mit en mouvement.

Elle pénétra dans le village.

L'écran des maisons la dissimula pendant quelque temps aux regards du commandant Franchomme.

Ils ne tardèrent pas à reparaître, débouchant sur la petite place où s'amorçait le pont.

Un officier ou un gradé marchait à leur tête.

Courageusement, il faut le reconnaître, il alla droit aux chevaux de frise et les examina.

Sur un signe de lui, une vingtaine d'hommes le rejoignirent et commencèrent à démolir le réseau.

Ils manœuvraient avec ardeur la cisaille et la pince, sciaient les poteaux et les chevalets.

— Allez-y! dit simplement Franchomme à son camarade le chef d'escadron d'artillerie.

Douze pièces crachèrent.

La hausse était bonne et l'objectif bien repéré.

Une demi-douzaine de fusants et autant d'explosifs encadrèrent le réseau qui fut beaucoup plus « amoché » par ce tir que par les tentatives des Boches. Chez eux, il y avait de la casse...

L'officier, notamment, gisait à terre, un bras arraché. On l'emporta.

Un autre prit sa place...

Cinq minutes plus tard, la même scène se reproduisit.

Mais les Allemands ne lâchaient pas prise.

Comme le disait un jour Crombèque à Josserand : plus on en tue, et plus il en revient...

Pourtant, à la troisième tentative, aussi infructueuse et aussi sanglante que les deux premières, l'ennemi cessa d'insister.

Et, pourtant, de larges brèches se montraient déjà dans le réseau de fils de fer... L'armature défensive du pont commençait à craquer.

Leur accès de stupeur passé, les assaillants s'en rendirent compte et ils revinrent avec fureur à la charge.

Franchomme allait faire encore appel à l'artillerie. Le chef d'escadron lui dit :

— Tenez, voici ce que la Division m'envoie.

Il lui passait un papier sur lequel Franchomme lut ces lignes hâtivement crayonnées :

> *« Général commandant la ...ᵉ division au chef d'escadron commandant le ...ᵉ groupe du ...ᵉ régiment d'artillerie de campagne. — Par exprès.*

> *« Toute autre mission cessante, prenez position derrière le ruisseau de la Houille, entre Bourseigne-Neuve et Vincimont, et contre-battez énergiquement artillerie adverse en position à Hargnies, au moulin Rollin. »*

— Signé par ordre et illisible! dit Franchomme avec un rire bref... Eh bien, mon cher camarade, partez... L'ordre, c'est l'ordre...

— Au revoir. Et bonne chance!

Le chef d'escadron serra la main de Franchomme et alla donner l'ordre d'amener les avant-trains.

Peu après, le commandant Franchomme n'avait plus d'artillerie...

Mais cela n'avait pas l'air de l'affecter outre mesure car, tout en observant avec plus d'attention et d'acuité que jamais, il sifflotait la *Marche Lorraine.*

X

Le coup de la mine

PENDANT ce temps, les Boches avaient travaillé...
Mettant à profit le répit que leur accordait le 75, ils avaient peu à peu démoli le réseau de fils de fer.

A la jumelle, Franchomme suivait les progrès de cette destruction.

Les brèches se font larges... Elles s'approfondissent... Les voici qui atteignent la dernière rangée. Un ultime effort et elle cède à son tour.

Le pont de Chaoz est ouvert aux flots de l'invasion.

Et les barbares s'en réjouissent... On les voit faire de grands gestes joyeux, tandis que leurs chefs les regroupent en bon ordre.

Voici qu'une musique prend place en avant de la troupe.

Derrière, un officier à cheval, coiffé d'un casque à longue crinière rouge et surmonté d'un aigle aux ailes éployées.

Ce doit être un grand chef qui tâche de faire ici une entrée sensationnelle et insolente. La troupe vient derrière lui...

— Allô! appelle Franchomme au téléphone.
— Mon commandant? répond la voix du capitaine Lepallier.
— Attention! Le moment approche...
— J'ai la main sur le commutateur.

Maintenant, la musique atteint presque l'extrémité du pont. Sur le milieu, le grand chef au casque doré caracole... Et cent hommes le suivent au pas.

— Allô! téléphone le commandant... Un... deux... trois!

Une détonation formidable ébranle l'air et secoue le sol. Le pont s'ouvre, coupé en deux et lancé en morceaux vers le ciel.

Et les corps de tous les Boches qui, orgueilleusement, y passaient, jetés à cinquante mètres en hauteur, déchiquetés, broyés, retombent dans la rivière, parmi les murailles des voûtes éventrées et les énormes pierres des garde-fous, — tandis que les échos des montagnes répètent en bourdons lointains!...

FIN

Pour paraître vendredi prochain :
UNE CAMPAGNE EN HYDRAVION

[illegible] COLLECTION [illegible]

9 782012 469648